हवलदार बहादुर और तीन तिलंगे

चित्रांकन: बेदी : लेखक: विनय प्रभाकर

क्यों नाच रहे थे?
नहीं बताता।
तो भाड़ में जाओ।
अरे, तू तो बुरा मान गई। सुन, मुझे दस हजार रुपए का इनाम मिला है।
दस हजार!
हां, इसीलिए तो नाच रहा था और तूने हाथ झाड़ दिया।
हीं... ही... ही...! मुझे क्या पता था जी कि तुम इनाम की खुशी में बावले हो रहे हो! किसने दिया इनाम?
नवाब गुल अल यार खान साहब ने मैंने उनके घोड़े क हिफाजत की थी ना, उसी खुशी में दिया है।
यह देख।
ऐजी, हम इन रुपयों का क्या करेंगे?
सैर को चलेंगे। मैं छुट्टी भी ले आया हूं। तू तैयारी कर ले, कल सुबह ही हम पहाड़पुर चल रहे हैं।
ही... ही... ही...! तुम बहुत अच्छे हो जी।

अगली सुबह वे बस द्वारा पहाड़पुर के लिए रवाना हुए।
ऐ जी, वहां किसी अच्छे से होटल में ठहरेंगे।
चिन्ता न कर चम्पाकली। इस बार मैं तुझे खूब सैर कराऊंगा।
तभी–
अपना-अपना सामान संभाल लो भाइयो। पहाड़पुर आने वाला है।
मगर भइया, तुम्हारी यह बस तो बहुत धीमी चल रही है। इससे तेज तो बुड्ढी गाय भी दौड़ सकती है।
तो फिर आप कोशिश कर देखिए, सड़क तो सामने है ही!
ही...ही... ही...!
हा...हा... हा...!
चुप रहो जी। वह मुझे बुड्ढी गाय कह रहा है और तुम हंस रहे हो।
क्यों बे, तूने मेरी धर्म-पत्नी को बुड्ढी गाय क्यों कहा? हवालात में बंद करके सड़ा दूंगा साले।

हाँ, यह हवलदार हैं!
म... माफ कर दीजिए हुजूर! गलती हो गई।
तभी—
चर्र...चर्र...
ओए...!
ड... डाकू!
ई...ई...ई...
अरे! यह क्या?
कुछ करो हवलदार जी।
अभी करता हूं।

कोई भी अपनी जगह से न हिले। हम किसी को कोई नुकसान नहीं पहुंचाएंगे। बस, हमें एक खास आदमी की तलाश है।
सीधे होकर बैठ जाओ जी! वह तुम्हें कुछ नहीं कहेगा!
यही है हमारा शिकार।
बू...हू...हू... मारा गया!
तेरा ब्रीफकेस कहां है सेठ?
म... मेरे पास कुछ नहीं है।
ब्रीफकेस दे दे, वरना जान से मार डालूंगा।
धाड़
आह!

जल्दी निकाल ब्रीफकेस!
तड़ाक
द... देता हूं।
कुछ करो ना जी ! आखिर तुम पुलिस वाले हो ।
और वह बंदूक वाले हैं! अगर गोली मार दी तो?
अजी मर्द बनो, मर्द। उठो और इन डाकुओं का बैण्ड बजा दो।
चम्पाकली की बात सुनकर हवलदार बहादुर जोश में आ गये।
अबे ओए, छोड़ दे उस शरीफ आदमी को।
आंय! यह कौन बहादुर पैदा हो गया?
कौन है बे तू?
ही... ही... !ठीक पहचाना। मैं बहादुर सिंह हूं। खटिया खड़ी कर दूंगा तुम्हारी।
तेरी तो...!

धाड़
बैठ जा नीचे।
आह!
उई!
तनी देर में दूसरा डाकू सेठ का
फकेस छीन चुका था।
हाय! मै लुट गया।
अबे चुप।
फिर डाकू बस से उतर कर पास के जंगल में घुस गए।
हाय! मैं लुट गया... बर्बाद हो गया।
पुलिस को बुलाओ।
यहां पुलिस कहां से आएगी?
अबे पुलिस तो यहीं मौजूद है। मैं हवलदार बहादुर सिंह हूं।
उन डाकुओं को पकड़ लो हवलदार जी! वे मेरे पांच लाख के हीरे ले गए हैं।
प...पांच लाख के हीरे!
हां हवलदार साहब! पहाड़पुर में मेरी बहुत बड़ी ज्वैलरी शॉप है।

तुम चिंता न करो सेठ! मैं उन डाकुओं को पकड़कर हवालात में सड़ा दूंगा।
इनके बस का कुछ नहीं है भाई साहब। आप पुलिस को खबर कीजिए।
फिर सड़क पर पड़े पत्थर हटाकर ड्राइवर ने बस पहाड़पुर थाने की ओर भगा दी।
तूने यह क्यों कहा कि मैं कुछ नहीं कर सकता? मेरा अपमान करती है?
चुप करके बैठ जाओ। तुम छुट्टी पर हो।
थाने पहुंच कर—
पुलिस स्टेशन
अपना बयान लिखवाकर चुपचाप निकल चलो। हम यहां तफरीह करने आए हैं, समझे।
समझ गया।
बयान लिखवाने के बाद हवलदार ने वहीं से एक रिक्शा पकड़ा।
हमें किसी बढ़िया होटल में पहुंचा दो भाई।
कुछ देर बाद—
लो बाबूजी, यह यहां का सबसे बढ़िया होटल है।
HOTEL
यह तो बहुत महंगा होगा।
तो क्या हुआ, आखिर दस हजार हैं तुम्हारे पास।
ओह! आ गए यह लोग।

नमस्कार !
ठीक है, ठीक है... तुम लोग तो सुबह आने वाले थे?
सुबह? क्या मतलब?
मतलब मैं बाद में बताऊंगा, पहले तुम लोगों के रहने का प्रबंध कर दूं।
ओ नत्थू!
आया जी!
इन दोनों को पीछे वाले कमरे में पहुंचा दो और काम भी समझा देना।
ठीक है जी!
काम ! कैसा काम? हम यहां काम करने नहीं आए हैं भई।
तो फिर क्या लंगर खाने आए हो। अबे चिट्ठी में तो तूने यही लिखा था कि तू अपनी पत्नी के साथ यहां बर्तन धोने का काम करेगा।

धड़ाक
क्या बकते हो?
काउण्टर तोड़ेगा साले।
ढिशुम
उफ!
उई!
साले, तूने मुझे घूंसा मारा? हवालात में बंद करके सड़ा दूंगा।
बड़े बदतमीज हो जी तुम! ग्राहकों से ऐसा सलूक करते हो?
ग... ग्राहक।
हां, हम तो यहां कमरा लेने आए थे।
ओह! फिर तो मुझसे गलती हो गई। दरअसल आपकी सूरत देखकर मैं समझा था कि हमारे नौकर आ गए है। ही...ही... ही...!
नौकर? अबे मैं पुलिस हवलदार हूं, और यह मेरी पत्नी है।
क्षमा कर दीजिए हवलदार जी। मुझसे बड़ी भूल हो गई।
ठीक है, हमें एक कमरा दे दो।

मैं फिर क्षमा चाहता हूं जी ! कमरा तो हमारे यहां कोई खाली नहीं है। आप लोग किसी दूसरे होटल में चले जाइये।
चलो जी, उठाओ सामान।
उल्लू के पट्ठे ने कमरा भी नहीं दिया और घूंसा भी ठोंक दिया।
ाहर आकर उन्होंने फिर रिक्शा पकड़ा।
पता नहीं भगवान ने तुम्हारी कैसी सूरत बनाई है? कोई भी तुम्हें शरीफ आदमी नहीं समझता।
बकवास न कर, मैं बहुत गुस्से में हूं।
दूसरे होटल पहुंचकर-
तू यहीं बैठ, मैं पता करके आता हूं कि यहां कमरा खाली है या नहीं?
जरा रौब से बात करना जी।
वलदार अंदर पहुंचे और अपने पुलिसिया अंदाज में पूछा-
अबे ओए, यहां कोई कमरा खाली है?
बड़े बदतमीज आदमी हो तुम। यह अबे ओय क्या होता है?
ही...ही...ही...! नाराज क्यों होते हो भाई। यह तो मेरा प्यार से बोलने का अंदाज है।
तो फिर मेरा भी प्यार करने का अंदाज देख।

अगले पल–
तड़ाक
निकल जा यहां से, हमारे यहां कोई कमरा खाली नहीं है।
निकल ही लेता हूं, यह मोटा तो पागल लगता है।
कमरा मिला?
नहीं!
तभी–
हुजूर। सरकार! जरा एक मिनट मेरी बात तो सुनिए!
आंय यह क्यों पुकार रहा है?
ही... ही... ही... आपके साथ बहुत बुरा हुआ जी। मैनेजर ने ख्वामख्वाह आपके झापड़ रसीद कर दिया।
अबे ओए, काम की बात कर, कौन है तू?
झापड़ऽऽऽ।
मैं तो आपका सेवक हूं श्रीमान! ही... ही... ही...!
अपनी हीही बंद कर ले, वरना मैं तेरे झापड़ रसीद कर दूंगा।

गुस्सा न कीजिए श्रीमान! मैं तो आपकी सहायता करने आया हूं। मैं आपके रहने के लिए जगह दिलवा सकता हूं।
जगह हम खुद ढूंढ लेंगे। तू फूट ले यहां से।
साले ने चम्पाकली के सामने झापड़ का जिक्र कर दिया।
आपको किसी होटल में तो जगह मिलेगी नहीं श्रीमान्। आजकल पहाड़-पुर में काफी रश है। मैं आपको प्राइवेट मकान दिलवा सकता हूं।
तो फिर दिलवा दो। मुझे तो होटल में रहना वैसे भी पसन्द नहीं है।
इस व्यक्ति का नाम भोलानाथ था और वह मकानों की दलाली का धंधा करता था। कुछ ही देर बाद –
अबे ओए, अभी कितनी दूर और जाना है?
बस जी, पहुंच गए।
यही मकान है जी।
बाहर से तो अच्छा लगता है।
आइए श्रीमान्!

बराबर वाले मकान की खिड़की से एक व्यक्ति उन्हें देख रहा था।
अरे! यह तो वही व्यक्ति है।
वह तुरंत ही दूसरे कमरे में पहुंचा, जहां दो और व्यक्ति बैठे थे। वास्तव में यह तीनों वही डाकू थे, जिन्होंने ब
में सेठ से हीरों का ब्रीफकेस छीना था।
ओए-चन्दू, मक्कड़, गजब हो गया।
क्या हुआ भोंदू?
बराबर वाले मकान में वही आदमी और औरत आए हैं, जो बस में दिलेरी दिखा रहे थे।
तुझे धोखा तो नहीं हुआ भोंदू?
बिल्कुल नहीं!
ओह! तो क्या वह हमारा पीछा करता हुआ यहां आ पहुंचा है?
बेवकूफ, वह हमारा पीछा कैसे कर सकता था। हम तो जंगल के रास्ते से यहां पहुंचे हैं।
उधर मकान देखकर हवलदार और चम्पाकली खुश हो रहे थे
दो कमरे हैं जी!
और जरूरत के हिसाब से फर्नीचर भी है।
इससेबढ़िया जगह आपको न मिले गी श्रीमान!

फिर वह पिछली तरफ बाग में पहुंचे।
यहां धूप सेंकने का बड़ा मजा आएगा।
उन्होंने एक महीने का एडवांस किराया चुकाकर भोलानाथ को विदा कर दिया था।
पप्पू, अपने नए शिकार आ गए।
हां डम्पी, और वह किरायेदार सूरत से ही घामड़ लगते हैं।
तो फिर अभी से शुरू हो जाते हैं। मोहन, तू जाकर फार्मूला फोरटी फोर अप्लाई कर।
ओ.के.
खट...खट...खट...
लगता है, भोलाराम उर्फ ही-ही दोबारा आ गया है।
जाकर देखो तो सही।
हवलदार बहादुर ने जाकर दरवाजा खोला।
आंय! यहां तो कोई भी नहीं है।
दरवाजा बंद करके वह वापस आ गए।
कौन था जी?
कोई नहीं था।

तभी –
जाकर देखो कोई है।
खट...खट
खट...खट...खट
देखता हूं... गुर्र...!
कौन है बे?
दरवाजे के बाहर इसबार भी कोई नहीं था।
कोई हमसे मजाक कर रहा है। हवालात में बंद करके सड़ा दूंगा साले को। गुर्र...गुर्र...!
यहां कौन आ गया तुमसे मजाक करने?
साले, तेरी तो...।
खट...खट
खट...खट
कौन है बे!
ओए, जरा इधर आइयो।
आता हूं।

कहिए अंकल!
हमारे दरवाज़े पर खट-खट तुम कर रहे थे।
नहीं अंकल! मगर मैंने उस घर से एक आदमी को निकलकर आपका दरवाजा खटखटाते देखा था।
अच्छा!
वलदार दरवाजा बंद करके वापस आए।
चम्पाकली, लगता है पड़ोस में कोई खुराफाती आदमी रहता है।
तभी--
फिर दस्तक, अब नहीं छोड़ूंगा साले को... गुर्र!
आराम से बात करना जी।
खट
खट
खट
खट
रवाजे पर इस बार भी कोई नहीं था। हवलदार बराबर वाले
कान की ओर लपके।
तरकीब कामयाब रही।
अब देखो क्या होता है?
ओए, दरवाज़ा खोलो।
थप
थप
थप
थप

तभी—
ढिशुम
आह!
साले, बार-बार दरवाजा खटखटाकर छुप जाता है... हड्डियां तोड़ दूंगा तेरी।
ओए... तेरी तो...!
वास्तव में शैतान बच्चे इस मकान का दरवाजा भी कई बार खटखटा चुके थे।
धाड़
आह!
जो मुझसे मजाक करता है, मैं उसकी हवा निकाल देता हूं... गुर्र...गर्र...!
म... मेरी बात तो सुनो...!
मगर भोंद्र कुछ सुनने के मूड में नहीं था।
धाड़
ढिशुम
आह! मर गया।
हवलदार बहादुर की अच्छी-खासी पिटाई करने के बाद—
अब अगर मेरे घर के निकट भी आया तो भाड़ में भून दूंगा साले।
हाय रे... मार डाला इस भूजे ने।

ोंदू जब भीतर पहुंचा।
कौन था?
वही था। मुझे तो वह ससुरा बावला लगता है। बार-बार दरवाज़ा खटखटाकर मजाक कर रहा था।
ैंने भी साले को ऐसा धुना ै कि अब दोबारा कभी इधर ा रुख नहीं करेगा।
यह भी तो हो सकता है कि वह हमें चैक करने आया हो।
चंदू ठीक कह रहा है मोंदू! हमें उस पर नज़र रखनी चाहिए।
धर–
ही... ही... ही...! यह क्या हो गया जी?
दांत बंद रख, वरना दूंगा एक झापड़।
मुझ पर क्यों बिगड़ते हो जी? ही...ही...ही...!
वह पड़ोसी बावला है साला। हमें उससे बचकर रहना होगा। बहुत मारा है साले ने।

शाम को चम्पाकली और हवलदार घूमने निकले।
मैं उनके पीछे जाता हूं।
चंद्रू उनके पीछे चल दिया।
ये पुलिस स्टेशन क तरफ तो नहीं जा रहे हैं। शायद तफरीह के लिए निकले हैं।
JEWELLERS
CHEAT SILK ST
MANOJ COMI
काफी देर घूमने के बाद वे खाना खाने के लिए एक रेस्टोरेण्ट में घुस गए।
यह तो बहुत बढ़िया होटल है जी। खाना बहुत महंगा होगा।
फिक्र नॉट, अपने पास बहुत पैसे हैं।
उनके पीछे चंद्रू भी रेस्टोरेण्ट में आ गया था और अपने लिए खाना मंगा लिया था।
एक प्लेट सलाद भी लाओ।
जी!

खाना खाने के बाद हवलदार और चम्पाकली वापस अपने घर आ गए। उनको घर में घुसता देख चंदू भी वापस पहुंचा।
अभी तक तो कोई फिक्र वाली बात नहीं है।
अगले दिन-
ओए डम्पी, तू इतनी देर से क्या लिख रहा है?
यह उस नए किरायेदार के नाम भोंदू की तरफ से चिट्ठी लिख रहा है। ही... ही...!
डम्पी ने चिट्ठी पूरी करने के बाद पढ़कर सुनाई—
महाशय, मैं अपने कल सुबह के व्यवहार के लिए बहुत शर्मिन्दा हूं। अब मैं आपसे दोस्ती करना चाहता हूं। यह चिट्ठी मिलते ही मेरे घर चाय पीने चले आइए। मैं आपकी प्रतीक्षा कर रहा हूं।
बहुत अच्छे। यह चिट्ठी पढ़कर वह लल्लू तुरंत भोंदू के घर चाय पीने आ जाएगा।
और फिर मजा आ जाएगा। हा... हा... हा...!
चिट्ठी को बंद करके डम्पी ने हवलदार बहादुर के यहां डाल दिया।
ही... ही... ही...!यह चिट्ठी हमारा अच्छा मनोरंजन करेगी।

और जब हवलदार बहादुर सोकर उठे।
ऑय! यह चिट्ठी किसने भेज दी?
खोलकर पढ़ो तो।
हवलदार ने चिट्ठी खोलकर ऊंचे स्वर में पढ़ी। फिर—
ही... ही... ही...! पड़ोसी ने हमें चाय पर बुलाया है।
यह वही पड़ोसी है क्या, जिसने कल तुम्हारी दुर्गति बना दी थी?
हूं, लेकिन अब वह शर्मिंदा है। हमें चलकर उसकी चाय पी लेनी चाहिए।
मुझे तो बख्शो, तुम ही चले जाओ।
हवलदार बहादुर तुरंत ही चाय पीने चल दिए।
ओए, वह मोंटू के यहां जा रहा है।
अब तमाशा देखो।
हा... हा... हा...!
इस बार हवलदार बहादुर ने दरवाजे पर बहुत ही धीमे से दस्तक दी।
यह आदमी बुरा नहीं है। अपनी भूल का अहसास होते ही इसने चाय की दावत दे डाली है।
ठक... ठक...

ीतर चंदू मक्कड़ क कमरे में सो रहे । भोंदू पीछे की तरफ ग में बैठा था। इसलिए केसी ने भी दस्तक की आवाज नहीं सुनी थी। तः कई बार दस्तक ने के बाद हवलदार ने धीरे से दरवाजे को केला।
अरे! यह तो खुला है। भीतर चलकर देखता हूं।
अरे! वह तो अंदर चला गया।
अब तो भोंदू उसे बहुत रगड़ेगा। ही... ही... ही...!
मगर हम वह दृश्य नहीं देख सकेंगे। अगर उसकी रगड़ाई बाहर होती तो मजा आता।
वह पीछे बाग में होगा। तभी दस्तक की आवाज नहीं सुनी।
आंय...!
मुझे बड़ी खुशी है कि तुमने अपनी गलती मान ली है। वैसे यह तुमने अच्छा ही किया, क्योंकि मैं भी बहुत खतरनाक आदमी हूं और...।
अबे ओय, खतरनाक के बच्चे, पहले यह बता कि बिना आज्ञा मेरे घर में क्यों घुसा?
अरे, यह क्या कर रहे हो? तुमने ही तो मुझे चाय पर बुलाया था।

तो ले चाय पी।
ढिशुम
आह!
अबे ओए, तू मेंटल है क्या? मेहमानों को मारता है।
अभी कहां मारा है बेटा, आज तो मे तेरी टांगें तोड़ूंगा
हवलदार बहादुर उससे बचने के लिए इधर-उधर दौड़ने लगे।
ओए रुक जा। त... तू मुझे जानता नहीं है।
आज मैं तुझे जानकर ही रहूंगा बेटा।
और पिएगा चाय?
न...नहीं, मैं अपने घर जाऊंगा।

तो चल, मैं पहुंचाता हूं तुझे !
के... कहाँ?
तेरे घर।
आ...ई...ई ...ई!
सती ओर चम्पाकली बाग में बैठी थी कि-
धाड़
आई... ई...!
पागल हो गए हो क्या? यह कोई तरीका है घर में आने का। दरवाजे से क्यों नहीं आये?
आह... मैं आया नहीं हूं, पहुंचाया गया हूं। भाग्यवान!
किसने पहुंचाया इस तरह?
उसी पड़ोसी ने। मैंने उससे बड़ा पागल आज तक नहीं देखा। साले ने मुझे उठाकर इस पार फेंक दिया।
तो तुम चाय के लिए लार टपकाते हुए गए क्यों थे। खैर, मुझे चाबी दो। ट्रंक में से अपने कपड़े निकालने हैं।
देता हूं।

अरे, चाबी का गुच्छा कहां गया? जेब में ही तो था।
कहां गिरा आए उस गुच्छे को, उसमें हमारी सारी चाबियां हैं?
भाग्यवान। लगता है, चाबी का गुच्छा पड़ोसी के बाग में गिरा होगा।
तो जाओ, लेकर आओ।
मैं नहीं जाता। वह साला मुझे देखते ही आउट हो जाता है। तू जाकर ले आ।
शर्म नहीं आती। पर-पुरुष के यहां अपनी पत्नी को भेज रहे हो। तुम खुद ही जाओ।
एक तरकीब है। मैं चुपके से उसके बाग में पहुंच कर अपनी चाबियां ढूंढ लाता हूं।
कुछ भी करो, मुझे तो चाबिय चाहिए।
वह साला अंदर चला गया है। चुपके से उतर जाता हूं।
हवलदार बहादुर डरते-डरते धीरे-से दूसरी ओर उतर गये।

चाबी यहीं-कहीं गिरी होगी।
घोड़ा बने हुए वह खिड़की के निकट पहुंचे।
हमें आज ही वह हीरे ठिकाने लगाकर यह जगह छोड़ देनी चाहिए भोंदू। अगर हीरे हमारे पास से बरामद हो गये तो मुश्किल खड़ी हो जाएगी।
हीरे...!
चंदू ठीक कह रहा है भोंदू। मुझे तो लगता है, उसने हमें उसी वक्त पहचान लिया था, जब हमने बस में सेठ को लूटा था।
आंय! यह मैं क्या सुन रहा हूं?
हवलदार बहादुर तुरंत ही खिसक कर खिड़की के पास पहुंच गए।
ओह! यह तो वही ब्रीफकेस है।
तो फिर ठीक है, हम आज शाम ही यह घर छोड़ देंगे।
ठीक है।
जोश के कारण हवलदार बहादुर चाबियों के गुच्छे को भूल ही गए थे।
यह तो अंधे के हाथ बटेर लगने वाली बात हो गई है। यह तीनों तो वही डाकू हैं।

ओए चम्पाकली!
धम्म
चाबियां मिलीं?
ओए, चाबियां गई भाड़ में। मैं बस-डकैती का केस हल करके आया हूं।
क्या बक रहे हो?
तब हवलदार बहादुर ने पूरी बात बताई...
...और तुरंत ही पुलिस स्टेशन जा पहुंचे।
कौन हो तुम?
ही...ही...ही...आप मुझे नहीं जानते सर! मैं हवलदार बहादुर सिंह हूं। रूपनगर वाला।
हवलदार बहादुर! ओह! तुम्हारा तो बहुत नाम सुना है भाई। बड़े-बड़े कारनामे अंजाम दिए हैं तुमने, लेकिन यहां कैसे आना हुआ?
यहां भी कारनामा ही करने आया हूं।
और फिर उन्होंने इंस्पेक्टर को लुटेरों के विषय में बताया।
इंस्पेक्टर तुरंत ही पुलिस दल लेकर हवलदार के साथ चल दिया।
पुलिस थाना
POLICE
शीघ्र ही-
उसका दरवाजा मैं खुलवाऊंगा।

हवलदार बहादुर सीरिज

के अब तक प्रकाशित कॉमिक्स

. हवलदार बहादुर और डाकुओं का गिरोह २. हवलदार बहादुर और नशे के तस्कर .हवलदार बहादुर और उस्ताद पेड्रो ५. हवलदार बहादुर और भगोड़ा कैदी 5. वलदार बहादुर और कमिश्नर का कुत्ता 6. हवलदार बहादुर और बच्चों ा चोर 7. हवलदार बहादुर और करामाती बकरा 8. हवलदार बहादुर औ ाले जल्लाद ९. हवलदार बहादुर और मस्तान डाकू 10. हवलदार बहादु और तीन अपराधी 11. हवलदार बहादुर और नेपाली ठग 12. हवलदार हादुर और चमत्कारी अण्डा 13. हवलदार बहादुर और जाली नोटों के व्यापारी 14. हवलदार बहादुर और सोने के तस्कर 15. वलदार बहादुर और नवाब का घोड़ा 16. हवलदार बहादुर और अंधे ़ हाथ बटेर 17. हवलदार बहादुर और डाकू गब्बर सिंह

मनोज कॉमिक्स में

प्रसिद्ध वैज्ञानिक प्रो. मार्गो पी.पी. के अपहरणकर्ताओं से हवलदार बहादुर की जबदरस्त टक्कर

तहलका मचा देने वाला कॉमिक्स विशेषांक

हवलदार बहादुर और

साठ लाख का बकरा

हवलदार बहादुर सीरीज का एक और सनसनीखेज, धमाकेदार और हा... हा... हा... कारी कॉमिक्स विशेषांक

अफ्रीकी जादूगर झोलमोल को पंगा लेने में बहुत आनंद आता था। किंतु रोज-रोज जंगली जानवरों और अपने ही कबीले वासियों से पंगा लेते-लेते झोलमोल कुछ ऊब गया। अतः अब वह चमड़े के पन्नो पर एक जादुई ग्रंथ लिखने लगा।
हे...हे...हे! ऐसी किताब लिखूंगा, जिसे खोलकर पढ़ने वाला कभी शांति से नहीं बैठ सकता।
संयोगवश वह पंगाग्रंथ हवलदार बहादुर के हाथों में लग गया और वह उसे खोल बैठे...
हवलदार ने पहला पृष्ठ खोला।
तेरा इसमें कोई नहीं था। मगर तूने अड़ा ही दी अपनी टांग। अब जरूर आएगा ओरंग ऊटेंग।
बहू...हू...हूऽऽ फंस गए टुण्ड बेटा। आज हमारी खैर नहीं।
के कह रियो हो फूफा। यह ओरंग ऊटेंग के बला सै?
कैसे क्या हुआ? जानने के लिए पढ़ें इस दशक का सबसे मजेदार ९६ पेजों का सुपर विशेषांक
मारा वायदा -- हवलदार बहादुर का हर विशेषांक एक से बढ़कर एक होगा।
हवलदार बहादुर और पंगाग्रंथ

आपके चहेते हवलदार बहादुर की पंगेबाजियों
से भरा एक और हास्यपूर्ण कॉमिक्स

हवलदार बहादुर और टुनटुन टंपलू

www.ingramcontent.com/pod-product-compliance
Lightning Source LLC
LaVergne TN
LVHW051012051026
849532LV00005B/1919
* 9 7 8 9 3 9 1 4 6 0 2 0 4 *